Maison Rose sur les rives de l'étang bleu

青池薔薇館

澪標
miotsukushi

黒のソネット　目次

conflictuel

érotique

horrible

romantique

négatif

à propos de la nature

concernant les choses

装幀　倉本修

fantastique

パントマイム

街頭に不動のパントマイム男
一種の大道芸だろうが
その真横で
同じ恰好をする少女がいた

どちらもけっして動かないが
少女の方は商売ではなかろう
その男をからかっているのか
気に入っているのか

面白いのでしばしつきあってみたが
まったく動く気配がないので
見切って歩き出した俺

驚いたことに
三日後にも同じ恰好のふたり
俺は目の前の帽子に紙幣（おさつ）を奮発した

ピアニストの指先

ユーチューブの映像を見ていた
ピアニストの指先がアップされている
辺りにはソナタの調べが流れており
わたしは揺り籠で猫になっていた

尖ったふたつの峰の頂をつなぐ空間に
巨大な鍵盤が風に揺れている
危うい吊橋のように見える
十人のピエロがその鍵盤の上で跳ね回っている

ピアニストの指先が生んだ幻像に
人間の営みの絶頂を感じ
わたしは死ぬ間際の老猫になった

熾火（おきび）の上に軀を横たえ
ブスブスと焼けているのに
恍惚の顔の猫である

音楽の森

中古レコードを商いする店の片隅で
放置されたジャケットをみつけた
「音楽の森」というタイトルだった
クラシック・アンソロジーらしい

驚くほど安い値段で
わたしはそのディスクを買った
「試聴しますか」という店員の勧めを振り切り
足早にその店を去った

部屋に戻ったわたしは
さっそくそのレコードをかけてみた
一度も聴いたことのない曲想だった

作曲者の名前も知らない人ばかりで
どんな楽器の音色かも判らない
気がつくと部屋が森になっていた

環状線

ある都市の環状線は三層構造になっている
真ん中にあるのが目視できるもので
その上層にオーヴァ環状線が走り
その下層にアンダー環状線が動いている

この世とあの世を自在に行き来できる
と豪語する男によれば
上層の環状線の乗客は天使であり
下層の環状線に乗り込むのは妖怪だそうだ

話としては面白いのでわたしは突っ込んでみた
「じゃあ、真ん中の利用客は何者ですか」
その男は視線を逸らせた

かろうじて絞り出した「人間だろう」という応答に
わたしは重ねて訊ねてみる
「たまには天使や妖怪も混じっているのですか」

水の花

海月(くらげ)はほぼ水分でできている
浮かんでいる海もほとんど水だ
塩辛い世界で甘くささやいている
たぶん恋をしているのだろう

わたしは薄桃色の海月を
人形の帽子と間違えて
掬い取ろうとした
指先に電気が走った

海月はわたしに手心を加えて
命までは取らなかったが
指に痺れが残った

恋の邪魔者になったわたしは
水の花を手折(たお)った罪を咎められ
いまでも恋ができない

扇風機

扇風機に化けることができる狸がいる
首を振り振り臭い息を吐くので
すぐに狸だとばれるのだが
家の者は誰もが気づかないふりをする

狸の目的はただひとつ
家中が寝静まってから
台所のごちそうを物色する手筈だ
芋や南瓜を貪り食う算段だ

やっと夜を迎えた
ところが家の者は誰も寝床に就かない
焦り出す狸の額に汗の玉

「おい、この扇風機もいかれてきたな、汗をかいてるぜ」
ついに我慢しきれなくなった狸は猫に化けて遁走
その背中を家中の者の笑い声が追いかける

停留所

飛行バスの停留所に上るには
ガラス張りのエレベーターが便利だ
螺旋階段もあるにはあるが
ほとんど誰も利用しない

乗り遅れたら困るので
勤め人で昇降機は鮨詰だ
人込みを嫌って階段を用いる人は
脚力を鍛えているのだろう

たまに子どもが追い抜き競争をしている
「階段で遊んではいけません」
そんな注意書など無視される

小窓しかない階段は古城の円塔を髣髴(ほうふつ)させ
意外に人気があるのだ
蠟燭(ろうそく)を掲げた老婆が棲んでいるという噂もある

仏陀が走る

何万人も参加するマラソン大会があった
手続きさえ済ませれば誰でも走れる大会だ
上位は有名選手で占められるが
先頭を切ったのは異色のランナーだった

マスコミが騒ぎだすのももっともだ
奈良の大仏としか見えない走者なのだ
機械仕掛けの着ぐるみと断定されたのだが
どんな細工が施してあるのか

明日の新聞のトップを飾ること請け合い
「仮装マラソン、盧舎那佛(るしゃなぶつ)が制す」
号外が出るかもしれない

遊軍記者に取材命令が下った
「奈良に直行せよ」
台座しかない写真を撮って来るまで帰れない

裸の石

恐竜の涙が石になって
緑色の光を放っている
翡翠よりも淡く
エメラルドよりも温かい貴石

わたしはその緑色に魅せられてしまい
その神髄に分け入って
石と人との融合体となり
石人として生きる道を選んだ

石はもとより裸だが
透明な緑色の衣裳をまとい
わたしを誘惑しているように見える

わたしはすっかり力が抜けてしまって
石人となった喜びに浸っている
硬く凝り固まった緑の永遠である

路上の接吻

夢岳と覚醒山とに挟まれた渓谷で
わたしはさまよっていた
谷底から吹き上げる風に乗って
ふたつの峰のはるか上方に浮かぶこともあった

都鄙(とひ)のいずれでもないさびれた町に降り立ち
濡れた甃(いしだたみ)の坂道をのぼることもあった
ゆるやかな勾配にわたしは汗ばみ
息をはずませるのが常であった

その刹那だった
坂道の途中に人影を認めた
少女の姿をした妖精だった

わたしは声もかけずに近づき
すっと抱き寄せた
薫り高き接吻だった

anxieux

気味の悪い絵

人を不安にさせる絵ばかり集めた
悪趣味の権化のような美術館があった
ある篤志家が官庁街の片隅にある
古い洋館を買い取ったのである

開館早々は
訪う人も疎らだったが
だんだんとその数を増していった
うわさがうわさを呼んだからである

誰かの背後にぴったりついて
美術館の回廊を進むと
絵の中の色彩が消えるというのだ

やがて人々の話し声が軋みはじめ
邪悪な絵の構図が
そっくり訪問者に貼り付くのである

整列するスマホ

俺は電車に乗っていた
ほどよく混んでいて
立ち客はなくほぼ満席だった
文庫本を取り出して読み始めた俺

頁をめくったとき
前方の座席の列に目をやった
驚いたことに全員がスマホを手にしている
ネットかゲームかメールだろう

ガラケーのころには見られなかった光景に
俺は現代を感じた
車内風景として定着しているのだ

受験生のころ
参考書を片時も離さなかったものである
人は時間の穴を怖れているのだ

符丁狩り

「チーダーがチョックルでヤベイビーだぜ」
電車の中で耳にした会話が気になったわたしは
次のような試訳をつくってみた
「友だちがチョット狂っているので危ないな」

割れ窓理論が本格的に採用されれば
環境犯罪学の抑止効果が高まるが
うっかり町で冗談も言えなくなる
言霊が実体化する気配すら排除される

清潔な世の中を嫌っているわけではないが
理路整然とした物言いは
それが巧妙であるほど眉唾である

人が本音で会話を交わせば
喧嘩が増えるに決まっているので
符丁も種の保存に関わっているのだろう

鋏を持つ女たち

カーニバルは太陽の嫡子
畏れを喰い尽くすための蕩尽
あらゆる力を結集させて
今このときを破壊する

南町B班の女たちは
紙で作った大きな鋏を持ち
シャキシャキさせながら
蛇行を始める

沿道の観衆はその異様さに驚き
幼児の目をふさいで
やり過ごす

女たちの派手な化粧は
汗で崩れはじめ
首切り鋏に映えている

étrange (féminin)

換気口

ときどき居所の知れない女がいる
日曜日と月曜日との間に
隙間があることを発見して
そこに逃げ込むようだ

女には恋人が三人いて
代わるがわる付き合っているが
お相手の二人の男と一人の女は
互いに見知らぬ関係である

火曜日に赤虎と賭けをして遊び
女鹿とは水曜日に買い物
日向ぼっこは銀龍との金曜日

間隙を空曜日（くうようび）と呼んでいるらしいが
そこに入る方法は
その女以外誰も知らない

工具箱

深紅の工具箱を携帯している女がいる
グッチやヴィトンには飽きたらしく
「つなぎ服にはこれよ」と言って
中身を見せてくれた

スパナやドライヴァーの代わりに
女の必需品が収納されており
その違和感が素敵だ
俺はこの女の変身に好感をもった

「イマカレがガススタで働いてるんよ」
あまりに予想通りだったので
俺は少し興が冷めかけた

俺はその女のカレが替わることを望んだ
今度のお出かけ衣裳は潜水服で
右手には銛をもっている姿を想像した

告知板

「わたし、死にます」と言って笑う女がいる
面白いから様子を窺っていたが
一向に死ぬ気配がない
むしろ艶やかな表情を浮かべている

しばしの沈黙の後
「ところで、いつ死ぬの」と訊ねたら
「さあ、いつかしら」との返事
何のゲームを始めたのかと思う

冷めたコーヒーをすすりながら
「わたし、不可解でしょ」
ある種の誘惑であると判断する

「それじゃ、俺が殺してやろう」
「うふふ、お手柔らかにね」
俺はその女の目が笑っていないことに気付く

消火栓

體(からだ)が火照って動けなくなる女がいる
全身が性感帯なので風すらも大敵である
火照りを鎮める方法がなかったならば
とうの昔に逝(い)ってしまっただろう

「水を掛ければよい」とのたまう奴がいる
「わたしが冷やしてあげましょう」と乗り出す輩もいる
俺は医者ではないので
ただの傍観者を決め込むことにした

その女の頬は真っ赤に膨れ
とても旨そうに見えるが
不謹慎だな……と思い返す

しばらく蹲(うずくま)っていた女は
自前の消火栓が効いたらしく
なにごともなかったように歩き出す

常夜燈

暗闇でも光る眼をもつ女がいる
メドゥーサとは違って
見たものを石に変えたりはしないし
頭髪も無数の毒蛇ではない

サーチライトの眼で
夜ごと男を漁って飽きず
ターゲットにされた男は
拉致監禁されて甚振(いたぶ)られる

この女が逮捕されたとき
男の世話をする者がいなくなって
男はゆっくりと痩せ細ってゆく

遠隔でも男の様子が分かるこの女は
独房の中で眼を光らせながらほくそ笑み
看守を気味悪がらせている

信号機

超能力というと
サイコキネシスやテレパシーを連想するだろうが
俺の知っている女もその類の能力を持っている
信号機の色を自由自在に変換できるのだ

急いでいるときなど
赤を青に変えることができるので便利だ
信号機の前で止まる必要がないから
ハイウェイを走っているのと同じことだ

一度青の点滅信号を試みたことがあるが
隣を走っていた運転手の表情が面白かった
目を白黒させていたのである

リトマス試験紙は青が赤に変われば酸性だが
深夜ずっと酸性にしたがることがある
車をしばらく止めてキスをしたいときだ

掃除機

その女の家は藁と紙でできており
やわらかい日差しが部屋に満ちていた
わたしはたびたび訪って
女のつややかな歌声を聴いた

わずかな食器と着た切りの服しかないのに
女の朗らかな顔立ちにわたしは和んだ
女は与えることに歓びを見出しており
わたしは濡れた猫になって甘えきった

その部屋に似つかないものもあった
電気掃除機のように見えた
女に訊ねたが返事がなかった

帰り際に女の顔に何かがよぎった
（もう来ないで）
わたしは女の領分に入りすぎたことを悔やんだ

体重計

俯(うつむ)いて、「あたし、重いわよ」そう呟く女がいる
どう見ても五十キロ前後にしか見えないのだが
暗く沈んだその女の表情からは
冗談のにおいが漂ってこない

洗面所の片隅に放置されていた体重計に
せがんでその女にのってもらった
ブシュッという鈍い音がして体重計は潰れた
そのまま床が抜けるかに見えた

推定五トンはあるかと思われるこの女を
真夏の散歩に誘ってみた
ある思惑があったからである

日傘の蔭で女の貌は見えないが
重たい人生を終わらせる覚悟があった
融けたアスファルトにめり込んでいったのである

導火線

体温が異常に高くなる女がいる
ある医師が計測したとき
最高で八百度を記録したと言われている
煙草の火と同じくらいの温度だ

神経細胞に沿って
導火線のようなものが這っており
こころの興奮の度合によって
軀が発火するらしい

「あたいに近づくと火傷するよ」
これがこの女の口癖だが
美貌ゆえに近づく男が後を絶たない

ある医学博士は
導火線ならぬ「導火腺」と名付けたが
医学的には何も分かっていない

氷食症

氷を食べないではいられない女がいる
医学的には氷食症と呼ばれているが
鉄欠乏性貧血が強く疑われるも
おおむね原因不明である

一日当たり製氷皿一皿で我慢しているが
月経過多の月はこの限りではなく
気が付くと氷を頬張っている
口腔（こうこう）内が冷えて気持が落ち着くのだ

強迫性障害ではないかという診断もあるが
本人は強く否定している
ただただ氷が食べたいだけなのだと

潔癖症などの他の強迫症状が現れないので
精神の問題ではないように見えるが
氷に栄養価のないことが謎解きにつながるかもしれない

羅針盤

腰回りから異様な音波を発する女がいる
人間の耳には聞こえない超音波なのだが
男の中には鋭く反応する者がいて
その女に惹きつけられてしまうらしい

骨盤に付随するように
普通の個体には見られない小さな骨を
この女は自分の肉体に搭載している
事情通はその骨を「羅針盤」と呼ぶようだ

いい男をこの女に指し示すその骨は
同時に吸引力を備えていて
必ずや自分の虜にしてしまう

この女に関わった男は
ほとんど例外なく
島荒らしの跡の惨状を呈している

乱反射

狭い売店で売り子をしていた時の話である
ガラス窓の外に目を配っていた俺が
少し様子のおかしい女の姿をとらえた
腰つきが逡巡(ためらい)を示している

その女がこちらに近づいて来たので
反射的に小窓を開けた
何か買い物をしてくれると思ったからである
ところが違った

視線が乱反射しているのだ
「あなた、さっきからわたしを見ているわね」
「いやぁ、お客さんが来るかと外を見ているだけですよ」
しばらく黙っていた女は、「ほんとぅ？」といって
鋭く俺を睨んだ
暖かい小部屋に北風が吹きこんだ気分だった

conflictuel

する

してはいけない人
しない方がいい人
しても構わない人
したほうがよい人

俺はあることに悩んで
四つの範疇のどれに属するのか
さんざん考えた末に
出た結論は平凡だった

すればよいのである
すればすっきりするし
それが自然の流れだ

しないで済ませた後悔よりも
してしまった転覆感を味わうために
俺は断然することを選んだ

慰撫

啄木の歌にこんなのがある
呼吸(いき)すれば
胸の中にて鳴る音あり
凩よりもさびしきその音！

俺は煙草を吸い過ぎたせいか
眠りの床でしばしばこの音を聞く
女の泣き声のようにも聞こえ
俺のからだのなかに忍ぶ影を感じる

俺はこの女を抱え
いつの間にか空を飛んでいる
ゆるゆると平泳ぎのかっこうで

すすり泣く女の声はやまないが
俺はきっとこの女を飼い馴らし
慰撫の小道具にしてみせる

挿入歌　石川啄木『悲しき玩具　――一握の砂以後――』より

虐待

その男は脳梗塞で倒れたが
一命は取り留めた
発見が早かったからである
死んだ方が楽だったろうがそうはいかない

その男の息子が見舞いに行ったとき
拘束バンドを外してくれと嘆願した
「そこの兄ちゃん、これ外してくれないかな」
自分の息子だと認識できないらしい

暴れるから仕方がないが
人生の終点近くで惨めなものだ
息子は冷ややかな視線を浴びせる

「からだを調べてください。抓った跡などありません」
介護の人がそう訴える
「いや、少しぐらいなら……」と息子は応える

迎賓

その男はときどき
血だらけで帰ってくる
シャツはびりびりに破け
財布や時計はどこかに失せている

ある朝のことである
その男の倅が起きたとき
ダイニングに大男が鎮座していた
丁髷から相撲取りと知れた

奥さん、やはり旦那さんは呑むほうかね
呑むも何も……浴びるほどね
いずれにしてもごっつぁんです

その男はすでに仕事に出かけており
浴衣の大男はどんぶり飯を食っている
倅は自分の朝飯の心配をし始める

幻聴

カクテルパーティー効果をご存じだろうか
がやがやとした喧騒の中で
自分の名前や関心のある事柄を
選択的に聴取する現象である

脳が勝手に作り出した音声も
聞こえるような気がするのは
人が世界に対して
期待と不安を抱(いだ)いているからだろう

俺が人探しに奔走していたころ
よく似た顔や声を街で拾って
違うと確信を得るまでは興奮したものだ

間違いだらけの人探しの最中
俺はあることに気付いた
あいつとの会話のすべてが幻聴だったのではないかと

黒い線路

廃都を離れて
俺は極北をさまよっていた
捨てられた弊履は
自らの意志で動くしかない

将棋の駒をつくる町では
桂馬だけを買い込み
鍋自慢の村では
鹿や猪を喰らった

大きなカーヴの向こう側に
ときどき鋭い光を放つ
黒い線路が見える

俺はそいつをなぞりながら
どこで引き返そうかと
しばし思案している

黒夢

俺はラーメン屋のカウンターで
湯麺を啜っている
その真横でカウンター越しに
書類を交換する奴がいる

鬱陶しいからやめろと俺が言うと
言い争いになると困るからと
店主が止めに入る
俺はその店主にも食ってかかる

どうしたというのだ
俺は平和愛好家（ずき）だったのではないのか
そんなこころの声は無視される

書類だと思っていたものが
いつの間にか札束に変わっている
やっぱり嫌な奴だと俺は叫ぶ

産道の先の先

産道くぐり光の穴抜けて
息をする苦しさ覚え
人と呼ばれる前に
なぜ気付かなかったのか

顔の半分は病気
もう半分は狂気
温かい暗闇の庇護棄てて
空気の産着着てしまった悔しさ

あの瞬間の前には無駄な何十年が横たわり
叶う夢はひとつもなく
ただ後悔の山脈は連なる

顔の半分は憂い
もう半分はとまどい
ひたすら歩かされてきた果てに何がある

失態

マブチのモーターをコンセントに入れた俺
ビューンと回ってこと切れた
ガソリンをエンジンオイルと間違えた俺
バイクは廃車になった

「いい娘(こ)がいるよ」
俺はその気になって二階に上がった
しばらくするとやり手が化粧を直して来た
俺は怖くなって飛び降りた

ひびが入った両足を引きずりながら
置いてきた靴のことを案じる
何たる失態だ！

俺の犯した過ちの数々
冥途の土産としゃれてみたいが
苦笑すらできない

遮断

湖の底で死蠟になることも
樹木葬で安寧を得ることも
大海原に散骨されることも
宇宙空間に葬られることも

どれもこれも葬送には違いないが
俺はいずれも拒絶したい
蛆に喰われたり業火に炙られたりして
俺の罪業を速やかに償いたい

死に遅れた者は遺骨をほしがるだろうが
遺骸はただの有機物にほかならず
魂魄の解放は気休めの騙りだ

永眠とか逝去とか
人はいろいろ飾りたがるが
死は一切の遮断にすぎない

蛇

蛇になったら
世界はどう見えるのだろうか
むしろ舌の先に天地を載せ
触れる先から切り開くのか

リスカを繰り返す人の目が
蛇の目に見えることがある
顔ののっぺりしたご婦人も
ときに爬虫類そのものに見える

俺が皮をむいて殺した蛇も
よもや蘇ってはおるまいな
そうであれば恐すぎる

夜中にその蛇が寝床に入ってきたら
俺は鱗の肌触りを先ずは誉め
肝をやろうと約束するだろうな

制裁

寸借詐欺まがいのことを繰り返す奴がいた
周囲はそのことを承知で付き合っていた
わたしもそのひとりだったが
人間離れをした雰囲気を纏(まと)っていたからだろう

よく捕まらなかったと思う
パトロンになった気分にさせてくれるからか
金銭(ぜにかね)のことでとやかく言わないようにさせる
特別の能力があったと言い換えてもよい

そいつはどこかに消えてしまったが
行き着いた先で同じことに手を染めているはずだ
あいつがそうそう変わるわけがない

あいつを制裁する宴が開かれたことがあった
取り囲んだ山賊どもは度肝を抜かれた
「俺が悪いんやない、俺の貧乏が悪いんや」

朝霧

肉体を煩わしいと思ってはいけない
こころだけになろうとしてもいけない
快苦の彼岸に立ってはいけない
身とこころに受けるものを斥けてもいけない

わたしは自然の流れに身を任せ
精霊の声を聴こうとしていた
ありのままの自分に寄り添いはするが
生きていることの不思議に立ち竦んでしまう

見渡せば面倒なことばかり
湧いてくるものとの遭遇に
歓迎や排斥はつきもの

いつものように午前四時
わたしは朝霧になって
やまあいをさまようことにしている

釘づけ

涙のわけを推し量っても
掌で味見するようなもの
気持をきりきりに尖らせても
あいつの懐には入れない

消え去った恋が再燃したとき
空しい付け足しとは思わなかった
あいつが誘ったはずなのに
そのあいつが俺をまた捨てた

そんな色恋の残骸が
何十年も視界の片隅にちらつき
俺の行く手を塞ぎつづける

俺を犬に見立てて
笑いながら首輪を嵌め
さあ逃げろと言うのだ

半月メロン

はるか昔の記憶である
俺はある施設に放り込まれた
「小学刑務所(がきのべっそう)」と呼んでいたが
偏食を矯正するためだった

給食を拒絶した俺は
一切口に入れずに妄想に耽っていた
目の前にあるものは異物だった
それを好物に変える夢を見ていた

俺が好きだったものは
おでんやたぬきうどんの類だったが
まぼろしの食べ物もあった

ビフテキや鰻の蒲焼
にぎり鮨に天麩羅
スプーンで掬う半月メロン

約束

あなたは蛹　わたしのために閉じ籠る
あなたは窓　わたしを焦がす光を撥ね返す
あなたは薊　わたしの逸るこころに棘を刺す
あなたは壁　わたしの行く先々で立ちはだかる

約束の骸骨は二十年後に受け取る手筈
空洞の眼窩（がんか）は何を覗くのか
肉の削げた頬はどんなベーゼを受けるのか
白骨美女の剝き出しの歯がわたしの指を嚙む

わたしは疼痛の悦びに酔い
遠く離れてゆく星々に別れを告げ
あなたの眠りを封印する

白く縮こまったあなたを
こっそり懐に忍ばせて
わたしは独り盃を干す

érotique

あいつの声

漣（さざなみ）のようにあいつの声が耳に押し寄せる
俺は目覚めているのか眠っているのか
あいつの声が心地よい調べとなって
半分夢の中をたゆたっている

とろけるように甘い蜜に浸かって
俺のからだはブヨブヨと膨らみ
すべてを出し切ったことに満足し
臨終の快感を味わっているのだ

声の主はたしかにあいつなのだが
何を言っているのかは分からない
まるで異邦人の囁きのようだ

俺はすべてをやり遂げた昆虫のように
ゆったりとした褥(しとね)で
あいつの声を愉しんでいるのだ

エロイカ

額目蓋鼻筋と降りてゆき
唇に至って長逗留
舌と舌とが絡まり
そのぬめりが存在の証

背中の稜線は滑らかで
粉をまぶした手触り
尾根伝いに滑ってゆくと
双子山の間の谷間

伏せた二つの椀は掌に余り
先端同士を指で押さえ
ゆっくりと圧してみる

さまよった果てに
落ち合うは湿った湖沼
わざと嵌ってみる

くぼみ

胸部上方のくぼみをつくる
鎖骨を愛した女がいた
肉と骨を同時に味わえるから
そんな理由だった気がする

俺はやっぱり眼窩（がんか）のくぼみ
目玉を出し入れできたら
女の漂う脳を覗き込み
息を吹きかけてやるのだ

俺は目玉をぺろぺろ嘗め
愁いの泉が涸れるまで
女の涙を吸い取ってやる

蜜のかおりがするくぼみは脇の下
俺は女にホールド・アップさせ
思う存分嗅いでやるのだ

交わりの構図

香木(こうぼく)も麝香(じゃこう)も焚かず
更紗(さらさ)も絹綾(きぬあや)も纏(まと)わず
生まれたままの素肌を晒し
横たわる一匹の牝

かすかな匂いを嗅ぎ付けた牡は
牝の傍らに身を寄せ
掌を香油で浸らせ
牝の背に塗りこめる

牝の背は油で光を湛え
その光沢が牡を奮い立たせ
やおら牝の背に馬乗りになる

牡は牝の首の根を噛んで押さえ
油断なく辺りを窺い
腰だけはしっかり動かしている

磁石

にこやかな貌が消え
声が掠れがちになり
ふたりが磁石を帯びるとき
唇は互いを貼り合せる

耳穴にかかる吐息が
ざわめき下って
三角洲を直撃し
洪水すらも予感させ

白き双丘は萌え
赤みが差す大地が
にわかに汗ばみ出すころ

磁石はひとつに溶け合い
擦れ合ったそのあげくに
鉄砲水が堰を切る

赤い花

深奥に秘められたはにかみが
その花びらをゆるやかに開くとき
湿気を帯びたくさむらから
炎よりも熱いものが迸る

臆せずそれを浴びた男は
丸めた舌で塩気をなめ尽くし
その界隈をなぶり倒したあげく
蕩けた目で花唇を見定めようとする

赤く色づいた兇悪の花は
男を絡め取った手柄に打ち興じ
赤という色彩の赤をさらに輝かす

災いはいよいよ佳境に入り
男をはめた罠は悦びで満ち満ち
成就の一輪は静かに咲き誇る

horrible

ある殺意

けっして実行には移さない殺意など
この世に存在するのだろうか
もちろん実在する
俺の殺意がそうだからだ

かれこれ四十年
ジェット機の安定飛行さながら
俺の殺意は目的地に向かって進んでいる
飛行場に降り立てば俺のナイフは血で染まる

ところが相手も老いてきて
俺の殺意が衰え知らずなのに
殺しても無駄のような気がしてくる

けっして実行には移さないと決めた
俺の殺意はいまだ健在である
お前は死ぬまでその殺意に晒されている

絹婚式

フィアンセが逮捕されて
収監を余儀なくされた
十二年の月日は長かっただろうか
待たされたのは男の方だった

「早くいい人を見つけてくださいね」
面会のたびに繰り返される決まり文句を
笑って受け流していた男
少しずつ信じるようになった女

釈放の日に籍を入れたふたりは
事件現場で絹婚式を挙げた
血塗られた過去を葬るための儀式だった

女が殺めた相手は実の父親と叔父だった
言い争った男を庇っての犯行だった
ふたりは絹布で互いの目を拭い合った

刻限

そのときは必ずやって来る
秘密会談で取り扱われる名簿に
お前の名前が掲載されている
罪年罰月悪日呪時凶分怨秒

どの道を選んでも行き止まり
時限装置の針は勤勉に進み
もう直ぐ真北を指す
屈強な獄吏に羽交い絞めにされるときだ

ずるずると運ばれる丸太
からだの崩壊を味わう間もなく
打ち込まれる針の嵐

定められた刻限が来れば
どんな罰でも消えない罪を背負い
永遠の恥さらしの汚名を着せられる

詐欺師と将軍

詐欺師は未来を騙(かた)りながら
月旅行の切符を入手するだろう
将軍は過去を反芻(はんすう)しながら
死んだ将兵の首を蒐集(しゅうしゅう)した

凡人のわたしは語ることのできる
現在すら持ち合わせがなく
小銭を集めて博奕に現を抜かし
憂いを倍加することに専念している

詐欺師の舌は滑らかに
将軍の髭は誇らかに
わたしの背中は惨めに曲り

詐欺師と将軍とが次々に斃(たお)れた後で
血塗れの遺影を弄(いじ)りながら
殺したときの感触を愉しんでいる

吊餓鬼

男にちやほやされて育った女がいる
世界は自分のものだと勘違いしているから
いつしか鼻つまみ女に成り下がるだろうと
賢人ならば誰もがそう思う

美男子が言い寄ればますますのぼせ上がり
醜男（ぶおとこ）だと金銭（かね）だけしゃぶって足蹴にする
そんな日々が長続きするはずもなく
容色が衰えたころより歯車が狂いはじめる

その女は手管のありったけを用いて
鰥夫(やもめ)の金持ちを捕まえる
将来の保身を図ったのである

ただし籍を入れてもらえなかったので
遺産目当てのこどもを拵えた
いずれその子は吊餓鬼にされるのに

romantique

絵の女

小学生のころである
美術全集の頁を繰っていたとき
絶世の美少女に出くわした
ブーシェの「マリー＝ルイーズ・オミュルフィ」である

十八世紀半ばの具象画であるが
後のルイ十五世の愛人を描いた絵を前にすると
往時のフランス王室の雰囲気が偲ばれる
少年には刺激が強すぎるかもしれないが……

娼館「鹿の園」に招かれる前の姿らしく
可憐な裸体を晒している
見てはいけないものを見てしまったというわけ

折に触れてこの絵を眺めてきた
恋心に似た感情を抱いてしまう
この絵の女がわたしの恋の原点である

黒い靴

女物の黒いエナメルの靴が
履き潰したようなエナメルの靴が
道端に脱いだように置いてあった
自転車で走行中の発見だった

エナメルの光沢が目に焼きついた
これが断崖絶壁とか
ビルの屋上とかだとすれば
ただの自殺だからまだいい

道端だから始末に困るのだ
どうやって飛び降りるというのだ
それとも天に昇ったとでもいうのか

女物の黒いエナメルの靴から
履き潰した女の人生が見え隠れして
俺の官能を激しく刺激したのだ

黒い服の踊り子

暗く冷たい道を歩いていたとき
とある山奥で森の美術館に行き着いた
回廊には人影は見えず
まるで俺一人のための美術館だった

大きな白い壁の真ん中に
一枚のタブローが掲げられていた
俺はそいつに吸い寄せられた
黒い服の踊り子の絵だった

額縁の中の踊り子は一心不乱に踊っており
開花し始めた黒い花となって
この世に拒絶のメッセージを送っていた

俺は踊り子に魅入られて
何時間もそこに留まり
やがて絵の中に取り込まれたのである

黒髪の誘惑

あれはたしか十六歳のころだった
風呂上がりの香りが背後から漂ってきて
俺の背中に百の目が開いた
あいつの姿が光の中に現われた

斜交(はすか)いに座ったあいつは
炬燵のぬくみを味わおうとする
わざとらしく俺の顔を覗いて
「とてもいい湯でした」ともらした

俺はあいつの濡れ髪を見て
からだ中が熱くなった
ぬくもりが拷問の火に変わった

俺はあいつの黒髪に触れた
濡れた髪が俺の指にしっとりと絡む
未来が結晶した瞬間だった

砂をかける少女

ある女子高の教室は
無法地帯である
化粧に余念のない女生徒がいる
下敷でスカートの奥に風を送る女子もいる

事態を重く見た学校側は
特別男子聴講生を派遣した
その名も「後ろの若松君」といった
身じろぎもせずに女生徒の背後に佇むのである

背後に若松君がつくと
ほとんどの女生徒はおとなしくなった
女子の猛獣使いといった輩か

女生徒の側も対抗馬を探し出した
その名も「砂をかける少女」
近く若松君とのタイマンがある由

熱湯の雨

真冬に熱湯の雨が降り
真夏に拳大の雹が落ちる
そんな幻を見た朝
流産した女がいた

これは不幸なことなのか
それとも吉兆か
ともあれ産まなくてよいものを
産みそこなったというわけだ

愛したはずの男を足蹴にし
その男の家庭を崩壊させたあげく
自分の軌道だけは修正する

その女はわずか一年後に
別の男の種をあっさり孕み
何も起きなかったことを寿いでいる

蜜子

蜜子という女がいた
長姉が蝶子で次の姉が繭子
三人とも名前に虫が宿っていた
父親の気紛れが娘たちの行く末を塞いだ

虫がつくのも早かった
蝶子は十五歳の誕生日に色男と無理心中
繭子は十七歳の春に妻子持ちと駆け落ち
蝶子は死に、繭子は行方知れず

父母は語らって
蜜子を学校には行かせず
自宅で軟禁した

近所の人の噂では
蜂蜜を常食としており
肌が透き通っているらしい

夜咲く薔薇

蚊取り線香の煙が
ゆるやかな曲線を描き
本棚を這いながら
蛇のようにのぼってゆく

俺はふと薔薇の匂いを感じて
振り返ってはみたが
それは記憶の姦計
線香のまやかし

噎せるような匂いの中で
思わず目を瞑ってみる
薄桃色の薔薇が浮かび上がる

それは官能の調べを奏でながら
おんなそのものを貢ごうとする
棘ある黒薔薇のたくらみ

煉瓦色のカーディガン

ある女と共有したカーディガンがあった
煉瓦色のふわふわした純毛製品で
デートの際にときどき交換していた
俺はそのカーディガンがお気に入りだった

別れることになったとき
俺は頭に血が上っていて
すっかりこのカーディガンのことを忘れていた
順番はこの女だったのでもう着ることはない

俺は情人とカーディガンを同時に失い
これからは女の肌も防寒具も要らないと拗ねた
寒い一生で構わないとまで思い詰めた

あの煉瓦色のカーディガンは
その後どうなったのだろうか
ひらひらと宙を舞っていたらよいのに

négatif

ドミノは倒れない

蕩児を装うためには
美貌を奪わなければならない
顔の造作が乱れていては
遊びにキレが出てこない

どんな仮面をつけようかと
整形外科のカタログを広げ
選んだのはジャック・ザ・リッパー
頬が削げた美男子

俺は手製のナイフを握りしめ
路地裏の片隅で息をひそめる
掌に汗がにじむ

五人の街娼を物色し
ドミノを倒すように切り裂くが
誰ひとり倒れない

距離は縮まらない

近づくとやんわり逃げる
視線を逸らせると寄ってくる
猫の肉球の跡を残して
あなたは斑に消えかかる

手触りはビロードに限るが
こころのざらつきはどうしたことか
繊細と大胆が共存する人よ
あなたは薊の花の精

にこやかな顔のはずが
目の奥は笑っていない
どこか遠くの外国が映っている

薊の花言葉は「触れないで」
あなたの周りの澄んだ空気に
無限の距離が拡がっている

月は欠けない

戦場で見る月は欠けない
満月が兵士の髭面を照らし
照明弾の代わりを務めるとき
塹壕はそのまま墓場となる

闇に親しむジャガーの眼は
月明かりを厭うせいか
襲いかかる獲物に逃げる隙を与える
月の気紛れがひとつの命を永らえさせる

月よ欠けるな
天の下にある生き物に
生と死のはざまを与えよ

すれすれの命の遣り取りの果てに
誰が生き残るのか
欠けない月は静かに地上を眺めている

膝は折れない

言いたいことは捻じ曲げられる
為政者の逆鱗に触れればなおさらだ
あったことがなかったことにされ
なかったことがでっちあげられる

家畜たちは従順で
餌さえ貰えれば文句を言わない
人間も同様だ
パンとサーカスの力の絶大さよ

そんな仕組の中で生きるのだから
膝を折る振りをしなければならない
狎れあいを肯定しなければならない

だがよ　それでいいのかよ
震えながら　泣きながら
膝はけっして折れないぜ

風は吹かない

風はどうあっても吹かない
帆船にとって命取りの凪だ
垂らす釣糸もこころなしか萎えて
男の終りを示している

女のやさしさは
男を包み込むことではない
風を吹かすことだ
帆をその風で孕ませることだ

そよとも動かない
男のこころを波立たせ
憤怒の感情をかき立てることだ

出帆した男の船は
女の髪を風に靡かせる
女は満面の笑みを浮かべている

夜は明けない

モノクロ映画の鮮血シーンは
カラーよりも血が赤い
淀んだ滴りが網膜を圧倒し
命の終りを告げている

赤の観念が無色ならば
無色の観念は何色だろう
明暗だけの世界に
枯淡の味わいがあるのだろうか

朝日が借金のかたに取られ
夜が明けなければ
渋みに飽きて甘さを欲しがるだろうか

夜よ明けるな
鮮血の赤を黒く塗りつぶし
惨劇を軽やかに隠蔽せよ

鎬は削れない

島にいる動物たちは
互いに喰らい合うのだが
種としての数合わせはできている
喰う方も喰われる方も納得づくだ

ところが様子が変わってきて
そのバランスが崩れてきた
喰われる方は喰うことができずに飢えに瀕し
喰う方は飽食のせいで生殖への興味を失った

島の動物の数も頂点を迎えてから減る一方で
互いに出遭うことさえ稀になった
閑古鳥の鳴き声がたまに聞こえるくらいである

島の長老山羊は産めよ増やせよと宣うが
誰も聞く耳などもちやしない
植物だけの楽園になる日も近いのかもしれない

à propos de la nature

あわい

宇宙人が雪の結晶を分析するとき
こいつはきっとこの星の野人が拵えた
人造物に違いないと思い込むだろうって
だれかがどこかに書いていた

自然に勝てるわけがないのに
恐いもの知らずの野人どもは
恐ろしい数の人造物を造っては捨てた
そんな先入見が宇宙人にはあったのだ

それでも雪は美しいから
降るさまを肴に酒を呑んだ
しこたま呑んだのだ

雪と人造雪とのあわいに
野人どもの邪心が絡むとき
宇宙人はせせら笑うだろう

海が干上がる

遠浅の海が干上がって
海岸線が肌を露わにしはじめた
逃げ遅れた魚が飛び跳ねている
潮干狩りどころの騒ぎではない

どこかの海淵に大穴があいて
異空間に雪崩込んだのか
どんどん海水がなくなっていった
ほんの一瞬の出来事であった

三日と経たないうちに
大陸棚の国有化が宣言されて
早くも払い下げの噂が広まった

ひと月が過ぎたころだろうか
大雨が降りだした
生き物が初めて知る塩辛い雨だった

月の卵割

月が卵割して双子星になった
恒星の連星ではなくあの月が割れたのだ
増殖する可能性も指摘され
天文学者はＴＶに引っ張り凧となった

月が割れたのに驚いた人々は
とりあえず世界の終わりを予言した
直視すると気が狂うのではないかとも言われた
あるはずのない天変地異だからである

中には陽気な奴もいて
満月の夜の明るさが倍になったことを寿いだ
二つ並んだ三日月も乙なものだと喜んだ

ところが新月の日を境に
月はシレッと元に戻った
月が卵割した現象が天文記録から削除された

孤蝶

足元に何かがまとわりついている
未確認飛行物体だろうか
一瞬、新種のドローンかと思ったが
器械は感知できない

白いファジーな舞いから推すと
もはや蝶々に違いないのだが
この土地で生き物がいるはずはない
人間だって泥人形なのだから

きっとこの白いてふてふは
メッセンジャーなのだ
その伝言を読まなければならない

福音なのか
それとも悪い知らせか
悩ましい日々が始まった

合流点

それに気付いたのは
大雨が降ったときだった
ふたつの川が氾濫して
茶褐色のうねりが躍動する筋肉に見えた

わたしは橋の欄干に凭れて
ふたつの川の合流するあたりを見ていた
並んで走る川同士が睦み合っている
そんな光景だった

色彩のわずかに異なる濁流が
泡立ちながら同じ色に溶け合ってゆく
意図せずに閨房を覗いた気分だった

わたしは得心した
川にも雌雄があり
大いなる営みがあることに

死火山

けっして噴火はしないよ
そう言ったから「死火山」に認定されたのに
気まぐれで煙を吐き出した
いずれ火山灰も撒き散らすに違いない

活火山や休火山たちは
「何を今更」と冷ややかな視線を向けるが
死火山は首をすくめて
まだ活力があることを誇示する

いくつかある活火山は皆が皆憤怒に燃えて
それぞれ独自の火砕流を噴き上げた
休火山が重い腰を上げるのも時間の問題となった

世界中の都市がポンペイとなる日も近い
逃げる場所など何処にもない
いずれ世界遺産の住人になれる

珍鳥

百羽くらいの群れをつくって
奴らは風の舞いを舞っていた
見慣れた風景だったが
木枯らしの冬はとくに映えたものである

シジミチョウやイトトンボよりも
たくましく貪欲だが
トンビやカラスと比べれば
か弱く愛らしい

奴らの鳴き声がうるさいとかで
団地のそばの竹藪が撤去され
宿を失った奴らはどこかに去った

もう戻って来ないのに
誰もそのことに気付かない
その鳥の名前はたぶんスズメ

風に揺れる樹々

顔を緑色に染めて
たくさんの触手を伸ばし
樹々は揺れている
風の吹くままに

自我の欠片(かけら)もない
お前たちの仕草に
俺はときどき苛つくが
羨ましくもある

何もかも行き詰って
出口のない迷路でうろつき
途方にくれている俺よりも

何も考えずに
ただ風の赴くままに
揺れる樹々こそ幸いか

concernant les choses

オブジェ

タマネギとジャガイモとニンジン
さて何をつくるのかと訊ねたら
カレー　肉じゃが　豚汁
少しひねってポトフはいかが

俺がほしかった答えは
そんなんじゃない
フランスの飛行機野郎の帽子ではなくて
象を呑み込んだアナコンダ

おじゃがはデカ頭とすんなりしっぽ
おたまはまんまる丸のおなか
あかいちょろちょろ舌はにににんじん

マッチ棒でつないだ野菜たちは
活き活きとそのパーツを務め上げ
今にも動きそうじゃない

灰皿

灰皿の中の煙草の堆積が声をかけてきた
「吸いすぎに注意しましょうね」
余計なお世話だと思うが
捨てたはずの吸い殻が遺体に見えてしまう

軀をくの字に曲げて苦悶している奴
腹が破れて内臓がはみ出している奴
刺さった楊枝が槍を思わせる奴
びっしょりと濡れて土座衛門になった奴

ピースを十本束ねていちどきに吸ったとき
モアッと吐き出した煙を喜んだ野郎もいた
小道具としての煙草はいつも従順だった

これまで生きてきて
俺は何本の煙草を遺体にしてきたのか
紫の煙となって昇天してくれるといいのだが

黒陽

純銀製の薄っぺらな栞を拾った
短冊状の特注の品物らしく
上手く使えば人の咽喉をかき切れる
誰かの護身用隠し小刀だ

たぶん、愛読書の何頁かに
挟んであったにちがいない
彼女（女の持ち物にきまっている）は
いまごろ懸命に探しているだろう

バス停の脇に落ちていたから
慌ててバスに飛び乗った拍子に
落していったのだろう

飾り文字が手作りの栞に刻印されている
「黒陽」と読めるが何の呪文か
あるいは、作り手の通り名かもしれない

硝子の器

厚手の器ならまだいい
ひびが入ってもなお使えるから
始末に困るのは脚付きの器
折れれば役割をなくす

そんな硝子の器を組み合わせて
城をつくる遊びが流行った
高熱で溶かして接合させるのだが
上手な人はつなぎ目を隠した

造花をあしらったり
昆虫を絡めたりして
飾り立てる人も出てきた

脚の折れた器が人気を呼び
わざと壊す輩も増えて
町は硝子の器で埋まった

飯盒

俺が独り暮らしを始めたとき
炊飯器を買う余裕がなかったので
金物屋で飯盒を購入した
カーキ色の無粋な奴である

炊き慣れたころ
財布の中身がなくなった
米はあるのだが主菜(おかず)がない
俺はパチンコ屋に向かった

拾った玉で打ち止めまで行き
奇跡としか思えないほど感無量
俺は勇んで帰巣した

飯盒は銀シャリを俺に恵んでくれた
奮発したトンカツとともに
貪り食ったのだった

匣

入れた物が複製される匣(はこ)があった
有機物は反応しないが
無機物だったら何でもひとつがふたつになった
その女が贈り物としてもらった匣である

女は指輪を入れてみた
誕生石のアクアマリンがふたつになった
寸分たがわぬふたつの石の倍加した輝き
女はにっこりした

しばらく匣の性能を試さずにいたが
集金人への支払いが足りなかったとき
思い切って紙幣（おさつ）を入れてみた

しばらく経って
赤みがかった偽札の出現が報道された
女はその匣を惜しみつつ捨てた

étrange (masculin)

コンビニにて

コンビニで買い物を済ませ
レジ袋を受け取ったまではよかった
レシートがほしいと催促したところ
応対した店員はそれを握りつぶしたのである

驚いて「それは俺のレシートか」と訊ねた
若者は皺くちゃになった紙切れを見直すと
また両の掌で丸めた
「だから、それは俺のレシートか」

打ち直したものをくれるにはくれたが
その間無言のままである
おそらく動揺していたのだろう

「使えない奴だ」と俺はこころの中でつぶやいたが
すぐに思い直した
「ああ、たんにフリーズしただけか」

やばいぞ、オオクボゥ

その青年は電車に乗り込むと同時に
「やばいぞ、オオクボゥ」と叫んだ
きな臭い空気が漂いはじめる
危険を察知した俺は車輛を替えた

大久保（大窪）はどこにもいないのに
遠くから聞こえる青年の声が響く
あろうことか吊革で懸垂まではじめた
その付近にいた乗客がさりげなく席を立つ

次の駅に着く少し前
「やばいぞ、オオクボゥ」青年が走り出した
こちらに向かって突進してくる

俺は何事かが起こると確信したが
この青年はドアが開くと
改札のある上階への階段を駆け上がったのである

解放

地下鉄のプラットフォームのベンチに
齢（よわい）七十を越えたかに見える男が寝ていた
酔っぱらっているのか
身をくねらせてブツブツ呟いている

俺はちょっと興味をもって
その老爺を観察し始めた
耳を凝らしてみるとこう聞こえる
「センタッキノアソコガカイカイデス」

日本語だと思うのだが
そうとしか聞こえない
再び「センタッキノアソコガカイカイデス」

俺はこの爺さんの人生を想像してみる
きっと辛酸を嘗めてきたに相違ないのだが
今は幸福なのかもしれない、と

傾く男

手足が自由に伸縮する男がいる
右足が伸びると左足が引っ込む
両腕も同じ按排に稼働し
絶妙のバランスで倒れたりはしない

その男の特異体質に目を付けたのは
サッカーの監督だった
ゴールキーパーに抜擢して
敵方の得点を許さない手筈だった

彼はその提案に頷きかけたが
熟考の末に断りを入れた
誰かの役に立つことに難色を示したのである

その後「ピサオ」と呼ばれている彼は
左右の足の長さを微妙に調整して
「傾く男」として生きる道を選んだ

鳥釣り

自宅の屋根にのぼって鳥釣りをしている人がいる
この界隈では有名な発明家で
百歳を越しているのではないかと言われている
矍鑠（かくしゃく）としたその姿は老仙人を思わせる

通りかかった人が「釣れますか」と訊ねる
挨拶みたいなものだ
「釣れるような、釣れないような……」
これも決まり文句だ

頭の禿げあがった孫がいる
退職したサラリーマンだが
祖父を疎ましく思っているのだろうか

釣竿は宇宙と交信するアンテナのようにも見え
学校帰りの子どもたちは内緒話に興じる
「あの爺さん、へそないの知ってた?」

enchevêtré

異父

雀卓（じゃんたく）を囲んでのやりとりだった
三味線合戦のさなかで
対面（といめん）の野郎が倍満を上がった
迷彩の道筋がきれいだった

「あんた、兄さんと少しも似てないね」
わたしは口でやり返すしかなく
嫌味を吐き出したつもりだった
「だって、おれとは種（たね）が違うもん」

わたしは目を瞠ったみは
さくっと告白した目許が笑っている
浮気の子の洒脱だろうか

妹は兄とそっくりなので
真ん中の彼は悩んだに違いない
それとも母親の冒険を称えているのか

故郷

ドイツ語を習ったとき
ハイトとかカイトとか
いかにもドイツ語らしい
発音を有する単語が心地よかった

俺が最も気に入った抽象名詞は
マンニッヒファルティッヒカイトと
ハイマートロージッヒカイト
前者が多様性、後者が故郷喪失

もっとも、変化に富むことこそ歓迎だが
故郷喪失を嘆く人への共感はない
もともと故郷への思いなど微塵もない

俺が出身地を訊ねられたとき
きまって答えるのはシベリア
それが気に入らなければボリビア

歳月

歳月の溝を埋める砂は
ほんの一握りでよい
粉雪のように降らせて
覆い隠せばよい

頬笑みを誘う癖を
一つ一つ思い出して
時と時とをつなぐとき
見飽きた風景が蘇る

それでも発見があって
過ぎ去った歳月の重みを
受け止めてはみるが

もはや色褪せた画板に
彩りが浮き上がるはずもなく
遠く白黒の風景が展がっている

七夕の雨

今年の七夕は雨だった
織姫と彦星の逢瀬(おうせ)は
あっさり流れたのだろうか
それとも雨をおして相見(あいまみ)えたのか

すっかり忘れていた記憶が甦った
何十年も前の出来事である
その年の七夕も雨だった
天の川はその姿を雲のかなたに隠していた

近所に住むおない歳の女の子が泣いていた
一年一回のハレの日のはずが
雨で流されて台なしになったことを

お伽噺を信じ切っていたその子は
今年の雨をどんな気持で眺めているのか
泣いたことさえ覚えていないのか

醜聞

醜聞という人の耳目を集める事柄がある
俺はどこが醜いのかと考えるのだが
的を射るような答えは出てこない
少なくとも美談より面白いとは思う

「見るに及ばない」や「聞くに堪えない」などという
目を閉じ耳を塞げば済むことなのに
あえてそう発言するのは別の思いがあるからだろう
見たり聞いたりする自分が穢れないようにするためだ

幼児が泥んこ遊びを好むのは
知識が足りないからではない
あらずもがなの邪心がないからだ

福音や悲話を歓迎するのに
醜聞に触れるのを厭うのは
土足の猫を咎めるようなものだ

常連客

その喫茶店は町外れにあった
常連ばかりで成り立っていた
一見客には注文を受け付けずに
特別の飲み物を出した

店内にはジャズが静かに流れていた
掃除も行き届いており
調度も派手すぎず地味すぎず
ゆったりとした空間を演出していた

初めて訪れた人はメニューを求めるが
マスターは取り合わない
勝手に拵えた飲み物を運んでくる

これは一種の入店試験であった
常連は固唾をのんで見守っている
この客は常連になれるのだろうか

仙人掌を飼う

その一家は生き物を飼うことに熱心だった
父は犬を可愛がり、母は猫を愛でていた
妹は小鳥と遊び、弟は熱帯魚を育てた
兄はというと、仙人掌(さぼてん)を飼っていた

動物好きの家族ではあったが
兄は動くものは面倒なので嫌だった
そこへいくと多肉植物は抜群の相棒だ
餌どころか水さえやらなくて済む

吹きさらしの戸外に放っておいても
一言も文句を言わない
ただじっと佇んでいる

ボブキャットが弁慶柱に駆け上がり
辺りを睥睨（へいげい）している映像を観たことがあった
たぶん兄がサボテン好きになったきっかけ

猫玉

幼猫を玉にして遊んでいたら
咎める女がいた
可哀想じゃないかと
俺を白眼で睨む

猫をかわいがる輩は
きまって我が強い
おのれの不如意を猫に仮託して
鎮魂しているのだ

俺は俺以外のものを
好きでも嫌いでもないから
猫はただの玩具(おもちゃ)である

玉にした猫は
みゃぁみゃぁうるさいが
その手触りは悪くない

敗北

ある幼稚園での出来事である
「秋の芸術祭」としゃれた催しものがあった
園児の作品が並べられたのである
保護者たちはめかしこんで駆けつけた

開放的な園長は
どんな来訪者も歓迎した
花火も上がり
いよいよ開幕である

外部から訪った人は疎らであったが
誰もが興味津々の姿勢を崩さなかった
幼児の感性に虚を突かれたのであろう

その中に著名な画家が混じっていた
ある絵の前でしばらく佇んだ末に
「負けた」と唸ったのである

亡命

ある国に革命が起こり
多くの人々が行き場を失った
中には自決を選ぶ者もあったが
まんまと逃げ延びた連中もいる

旧知を頼ってこの国に逃げてきた貴族のKも
その中の一人である
亡命を許さないこの国の掟だから
どんな小細工を弄したのだろうか

わたしはKと面識はないが
しばし想像してみる
Kがわたしの住処にやってきたらと

Kは旨そうにわたしの与えた食物に喰らいつく
「コレハ、ナントイウタベモノデスカ」
「コロッケパン」とわたしは呟く

老雄たちの午餐

かつてはいたいけな少年少女を
魅了させたこともあった
着ぐるみを着てポーズを決めれば
拍手喝采が待っていた

ところが英雄役という仕事にも旬があり
いつまでも人気が続くわけではなかった
夕方の番組が深夜に組み込まれ
やがて地方巡業も頭打ちになった

仕事も激減して暇ができた
英雄役も敵(かたき)役も隔てなく
声を掛け合って同窓会が開かれた

昼間から飲み始めた老雄たちは
酔眼を寄せ合って昔を懐かしむ
呉越同舟の午餐(ごさん)である

あとがき

かねてより、わたしの妄想のダーク・サイドを詩にできないものかという思いがあった。人は誰でもこころの中に暗い翳を宿していると推察されるが、それを詩のことばで包んで昇華させたいという思いであった。さらに、「ソネット（十四行詩）」というお洒落な鋳型に流し込む試みを摸索していた。そこに生じるアンバランスが狙いであった。ある詩の朗読会でそれまで書き溜めていたソネットを発表する機会があった。そのとき小冊子にして配ったのは五十一篇だったが、それから幾篇かを除き、選択から外していた旧作に新作を書き足して、新たに選び直してみた。意図的に九十九篇に揃えたのである。百から一を引くと「白」という文字になり、題名の『黒のソネット』と鮮やかに対比されるのでは、という目論見であった。

ソネットと言えば、シェイクスピアを連想する人が多いかと思うが、わたしが触発された詩人は立原道造である。「のちのおもひに」や「初冬」は、とくに印象深い作品である。今となってはその甘さを敬遠したい向きもあるが、だいたいにおいて好きな詩人のひとりである。大岡信がソネットという詩形に言及している文章を読んだこともあるが、何かの書籍か雑誌においてだったと思う。おおむね好意的で、もしかすると「少女」に喩えていたかもしれない。彼の詩集に、『春 少女に』(書肆山田、一九七八年)があるが、それはソネット集ではなかったはずであるが……。

十代の頃より、詩なるものを書いてきた。最初のきっかけは高村光太郎の「ぼろぼろな駝鳥」だったが、今でもいい詩だと思う。散文とは異なる、詩独特の力強さが漲っているからである。自分自身の詩作は三十代中頃まで断続的に続いたが、三十七歳のとき就職が決まって詩的生活から離れることになった。それとは対蹠的な散文的生活に入るために、折に触れて書いてきた詩は七篇を除いてすべて捨てた。ところが、五十路にさしかかった頃、病気を得て気が弱くなった。またぞろ、詩なるものに頼るようになったのである。それから十余年、幾篇かの詩作を試みてきたが、自作を云々する力量はわたしにはない。そうこうするうちに、十数冊もの詩集を上梓している詩人に「詩集を出してみたらどうか」と声をかけられて、その気になった。詩とともに余生を送るのも一興かもしれないと思ったのである。

これはわたしのはじめての個人詩集である。最初にして最後の詩集にするつもりはないが、そうなっても一向に構わない。あえて韻律を無視した、かたちばかりのソネットだけを集めたのは、わたしのはにかみの裏返しである。内容的には、良識に富む人々の顰蹙を買う虞が多分にあるが、あくまでわたしの脳髄が捻り出した虚構なので、ご寛恕いただきたい。言うまでもないが、特定の個人や団体を誹謗中傷する意図も一切ない。それでも、触れる人のこころに小波を生じさせることができれば、望外の喜びとなるだろう。

さて、詩集を編むにあたって倉本修氏のお世話になった。この旧友の芸術家としての資質は、わたしの愛してやまないもののひとつである。深くお礼を申し上げる次第である。

二〇二〇年　晩夏

青池薔薇館

青池薔薇館（あおちばらやかた）略歴

1954年　東京に生れる。
本名　Seiji Mutô
1992年より2020年まで、28年間の高知暮らしを経て、現在、比叡山の麓に棲息中。

黒のソネット

二〇二〇年十一月七日発行

著　者　青池薔薇館
発行者　松村信人
発行所　澪標（みおつくし）
大阪市中央区内平野町二－三－十一－二〇二
電話　〇六－六九四四－〇八六九
FAX　〇六－六九四四－〇六〇〇
振替　〇〇九七〇－三－七二五〇六
印刷製本　亜細亜印刷株式会社
DTP　山響堂pro.